Gedankensprünge
Ein durchwachsenes Lesebuch

In Erinnerung an meinen Vater

Wolfgang Bröll/Peter Wolick

Vera Dressler

Gedankensprünge

Ein durchwachsenes Lesebuch

Bibliographische Information der Deutschen Nationalbibliothek:
Die Deutsche Nationalbibliothek verzeichnet diese Publikation in der
Deutschen Nationalbibliografie, detaillierte bibliografische Daten sind
im Internet über http://dnb.dnb.de abrufbar.

TWENTYSIX – Der Self-Publishing-Verlag
Eine Kooperation zwischen der Verlagsgruppe
Random House und BoD – Books on Demand

© 2018 Vera Dressler
worker/zapolzun/shutterstock.com
Herstellung und Verlag: BoD – Books on Demand, Norderstedt

ISBN: 978-3-7407-4461-8

Inhaltsverzeichnis

Morgenstunde	9
Das Paradies	10
Mein Garten	12
Die Arche Noah	13
Jahreswechsel	15
Die Olympischen Spiele	16
Erinnerungen	18
Fazit	19
Robinson Crusoe	20
Galilei	22
4 Uhr	24
Frühling	25
Shakespeare	26
Einsicht	28
Erwartung	29
Vertrauen	30
Odysseus und Circe	33
Erbe der Menschheit	35
Nero	37
Lysistrata	39
Feierabend	41

Alles Bio	42
Leonardo da Vinci	43
Der zertretene Tag	45
Sommer	50
Die Nibelungen	52
Rubens	53
Gedankenzeit	55
Meeresleuchten	56
Oberammergau	58
Das Ende vom Paradies	60
Häusle-Bau	61
Chanel	64
Frühstücksbesuch	65
Wie sein?	68
Die Borgias	69
Der Baum	71
Abschied	73
Abendgebet	74
Carmen	75
Ein neuer Tag	77
Pongpong	78
Frieden	82
Herbstgedanken	83

Katharina die Große	84
Heinrich der Achte	86
Mutter	88
Moral	89
Vergänglichkeit	91
Für meinen Mann	92
Vertrautheit	93
Freude	94
Joseph und Frau Potiphar	95
Die Wikinger	97
Cäsar	99
Morgen am See	100
Sokrates	102
Wer sind wir?	104
Macht	105
Zuversicht	106
Die Minnesänger	107
Herbstzeit	109
Kälteeinbruch	110
Gier	114
Stallweihnacht	117
Weihnachten	119

Morgenstunde

Im zitternden Spiegel fließt er vorbei –
weiß und stolz – unverletzbar –
die Kühle der Frühe im Gefieder.
Ihm gehört der See – noch.

„Schenkst du mir ein Stück von Dir?
Ein Stück Gelassenheit?"

Ein kurzer Blick aus schwarzen Augen.

„Ja?"

Der See nimmt ihn mit ...

Weiße Federn sind mein Kleid – ein Zauber

und dann ist es da – das Geschenk.

Das Paradies

Das Reich des ersten Menschen hieß
recht paradox das „Paradies",
denn heute ist der Menschheit klar,
dass dieser Fall ein Reinfall war.

Erst hatte Adam Langeweile,
darauf entnahm der Herr ihm Teile
und bastelte zum Zeitvertreib
aus seinem Rippenstück – das Weib.
Hätt' er was Männliches geschnitten,
den zweiten Adam oder dritten,
dann spielte dieses Triumvirat
im Paradies noch heute Skat.

Jedoch nicht ohne Hintergründe
kam Eva – und mit ihr die Sünde.

Zwar waren eine kurze Zeit
die ersten Menschen nur zu zweit.
Er konnte nicht zum Stammtisch gehen
und nicht nach fremden Weibern sehen.
Sie konnte sich noch nicht beklagen,
dass andere Damen Nerze tragen.
Ganz abgesehen herrschte ja
vorm Sündenfall noch FKK.

Derweil die Kirche an der Scham
erst nach dem Fall-Obst Anstoß nahm.

Die Unschuld währte nicht sehr lange,
Schleichwerbung trieb die böse Schlange
für Äpfel, deren Vitamine
dem Scharfblick der Erkenntnis diene.

Eva biss an, auch Adam schmeckte
den Wurm, den da der Herr versteckte.
Das Paradies ward prompt gekündigt,
weil beide hatten erbgesündigt.
So leidet jetzt noch Adams Sippe
an einer falsch verpflanzten Rippe.

Mein Garten

So lebt man denn so vor sich hin;
doch Grübelei macht keinen Sinn,
statt auf das Glück zu warten,
geh ich in meinen Garten.

Dort find' ich Farbenfröhlichkeit,
Vogelgesang wird mich erquicken,
Auge und Seele werden dort weit;
er zaubert ein Lächeln auf meine Lippen.

Mit beiden Händen ergreife ich sie –
ich fühle das Sein der Erde.
Mit Liebe und Hacke geb ich mich hin,
auf dass es Leben werde.

Seidige Wurzeln umfassen die Erde,
die Geburt einer Blume drängt hinauf zum Licht;
es wächst und sprießt, dass es Fülle werde –
jetzt zeigt eine Blüte ihr Gesicht.

Die Welt soll toben – sie ist ja verrückt,
ich fliehe dem bösen Gewimmel,
ich steh im Grünen, bin weltentrückt
und fühle mich näher dem Himmel.

Zu diesem Quell lass' ich mich ziehn,
es ist mir, als würde er warten
auf meine Seele, die spricht zu ihm:
„Kein Königreich für Dich, mein Garten!"

Die Arche Noah

Herr Noah, fromm und gottgefällig,
doch offenbar recht ungesellig,
erfuhr, dass Gott der Menschheit grollte
und alle Welt ersäufen wollte.
Gott hat es Noah anvertraut,
dass der sich einen Kasten baut
und außer seinem Weibe möcht er
drei Söhne und drei Schwiegertöchter
die Sintflut überleben lassen,
und von den Tieren aller Rassen
ein Paar, sich fruchtbar zu begatten,
auch Bandwurm, Kopflaus, Wanzen,
Ratten.

Durch die Beziehung, ganz nach oben
hat nichts den Baubeginn verschoben,
und Noah kam nicht ins Gedränge
durch sinnlose Behördengänge.
Drei Stockwerk hoch hat er gebaut
und alle haben zugeschaut;
und sich gefragt, warum, wieso,
was hast du vor mit deinem Zoo?

Doch Noah rief, vermutlich heiter:
„Ein kleines Hobby, gar nichts weiter!",
und als die Flut dann kam, da lief er
vom Stapel mit dem Ungeziefer
und tat nicht einen Finger regen,
als Nachbarn, Freunde und Kollegen

das Wasser bis zum Halse stand,
ob er sich selbst nicht schäbig fand?

Hernach den Katastrophenschaden
hat Noahs Sippe auszubaden.
Sie mussten ganz von vorn beginnen
mit Klapperschlangen, Flöhen, Spinnen,
und dürfen sich voll Gottvertrauen
diesmal Atomschutzbunker bauen.

Darum wohl pflanzte Noah Reben
und hat sich still dem Suff ergeben.

Jahreswechsel

Altes Jahr leg Dich zur Ruh',
nimm Krieg, Not und Elend mit,
deck alles mit Deinem abgetragenen
Kleide zu.

Eine Blume reiche ich Dir zum Schluss
und gebe Dir für die schönen Momente in Dir
einen Abschiedskuss.

Sei gegrüßt, Du neues Jahr,
jung, stolz und strahlend stehst Du da.

Weißt Du, was Deine Zeit uns bringt?
Wird Einsicht in den Herzen sein,
die Erde von Gier und
Maßlosigkeit befreien?
Wird kostbar die Natur erkannt,
und Raubbau von ihr abgewandt?
Werden Menschen sich als Brüder sehen
und sich nicht mit Waffen
gegenüberstehen?

Werden sie erkennen,
es gibt für alle nur einen Gott,
den sie nur jeweils anders nennen?

Sei gegrüßt, Du neues Jahr!
Vielleicht wird es diesmal doch noch
wahr?

Die Olympischen Spiele

Olympia, in Griechenland,
ist darum heute noch bekannt,
weil dort vor fast dreitausend Jahren
die so genannten Spiele waren,
zu denen man die Jugend rief,
doch leider derart primitiv,
dass, wenn man zum Vergleich es nimmt,
an der Idee heut' nichts mehr stimmt.

Da hat man völlig antiquiert
noch keine Mannschaft boykottiert,
und kein Athlet benutzte da,
wie heute, Anabolika.
Kein Arzt nahm in der Garderobe
von Kämpfern eine Pinkelprobe,
denn Doping war noch nicht alltäglich,
drum blieben die Rekorde kläglich.

Auch ob an dem Verdacht was dran war,
dass eine Frau vielleicht ein Mann war,
ist bei den griechischen Athleten
im Altertum nicht aufgetreten,
weil es zu jener Zeit den Frauen
nicht mal erlaubt war zuzuschauen.
Verständlich, weil nach alten Sitten
die jungen Männer nackend stritten
und sicher keiner Wert drauf legte,
dass außer Ehrgeiz sich was regte.

So dann am Schluss der Held, der siegte,
als Preis ein Lorbeerzweiglein kriegte,
nicht eine Drachme für Reklamen,
kein Sportgerät auf seinen Namen.
War einem Athlet der Diskusflug gelungen,
der andere eine große Weite gesprungen,
da reichten hier nicht nur die Ehr',
es mussten Privilegien her.

So zog auch hier der antike Held
nackt, aber nicht unbezahlt vom Feld.

Ob da schon Funktionäre saßen,
die Schaffleisch nicht mehr gerne aßen,
lieber heimlich waren am Beginnen,
ihre Schäfchen ins Trockene zu bringen?

Erinnerungen

Es sieht Dich an – das Gesicht im See,
Spiegel des gelebten Lebens.
Er zerfließt in sich entfernenden Kringeln.
Fort ist das Gesicht – zurück bleibt Deines –
und die Gedanken, Erinnerungen ...

Ich habe ihnen ins Gesicht gesehen –
in mein Gesicht!
Erinnerungen ... sind sie spiegelverkehrt?
Wahr oder geschönt?
Erträglich gedacht?
Kann man aushalten, was man jetzt sieht?

Ich möchte das Lächeln finden in der
Erinnerung und auch den Schmerz ...
Den süßen Schmerz, denn was verloren ist,
war jetzt so schön!

Fazit

Am Rande meines Lebens – verlebte Restzeit!
Deine Worte sind in mir: Du wirst noch um mich weinen.

Ein unüberlegtes Wort zur unrechten Zeit,
nichts kann zurückgenommen, besser gemacht werden.
Ich höre Dich: Du wirst noch um mich weinen.

Ich hätte es früher wissen, erfahren, mir bewusst sein müssen …
Unwiederbringlichkeit in mir geschenkter Lebenszeit!

Ja, ich weine um Dich – unendlich!

Ich weiß, diesen Nachhall wolltest Du nicht,
ich höre Dich: Ich liebe Dich unendlich!

Robinson Crusoe

Daniel Defoe, ein Journalist, der Vater dieser Story ist,
beschrieb den Zustand, der jetzt meist
auch Überlebenszustand heißt.
Er stieß brutal zu diesem Zweck
den Robinson beim Sturm vom Deck
und ließ auf einem menschenleeren
Atoll ihn alles das entbehren,
was Briten heilig ist und teuer;
Scotch, Plumpudding, Kamin und Feuer.

Der Robinson hat rumgelungert
und wäre um ein Haar verhungert,
bis er in höchster Not am Strand
doch einen Büchsenöffner fand,
und kurz darauf in einer Bucht
die unbekannte Ketchup-Frucht,
die ein Vermögen ihm bescherte,
als er zur Heimat wiederkehrte.

Dann drangen liebliche Gerüche
von hinten durch die kalte Küche:
Ein Insulaner saß am Feuer und
brutzelte sich Möweneier.
Beim Anblick der begehrten Flammen
fuhr Robinson erfreut zusammen
und machte Zeichen für „Fress-Fress?"
Der Schwarze grinste und rief „Yes!"

Vermutlich war er ein Mulatte,
der aber keinen Namen hatte.
Einen solchen ihm zu geben
und weil an jenem Tage eben
auf seiner Quarzuhr „Freitag" stand,
hat Robinson ihn so genannt.

Heut geht der Mode-Trend der Zeit
nach Inselflucht und Einsamkeit,
man sehnt sich die ganze Woche schon
nach dem Los von Robinson,
und hofft, genau wie dieser Maat,
dass endlich sich der Freitag naht.

Galilei

Die Kirche glaubte lange Zeit
in frommer Überheblichkeit,
der kleine, runde Erdenball
sei Kern- und Mittelpunkt im All,
um den sich Sterne und Planeten,
der Mond und auch die Sonne drehten.
Man dürfe mit Naturgesetzen
das Wirken Gottes nicht verletzen.

Als erster sah Kopernikus,
dass irgendwas nicht stimmen muss.
Sein Weltbild war noch recht verschwommen.
Dann hat es Kepler übernommen,
der sich ein Fernrohr konstruierte,
und so die Himmelswelt studierte.
Er fand, was man vorher noch nie sah –
bis Galilei kam aus Pisa.

Die Sonne, hat er festgestellt,
ist Mittelpunkt von unsrer Welt.
Die Erde, die der Mensch bewohnt,
dreht sich und wird umkreist vom Mond.
Nun traf ihn voll der Kirche Zorn,
Kopernikus war ja aus Thorn.

Und Kepler geisterte in Schwaben –
hier konnte sie den Ketzer haben,
der dicht vor ihrer Türe kehrte
und gegen Gottes Schöpfung lehrte,
häretisch, irrig und absurd,
direkt der Hölle Ausgeburt!

Er widerruft dann auch devot,
weil man ihm mit der Folter droht,
und meckert ganz verstohlen noch:
„Und sie bewegt sich doch!"

Er machte lange unbeliebt sich.
Erst 1979
hat Rom sich endlich doch geniert
und hat ihn rehabilitiert.

4 Uhr

Gelb getönt im Rosa zieht der Morgen herauf,
lautlos schiebt er sich über das schläfrige Blau der Nacht
und atmet sie ein.

Ein erster Laut erwacht im dunklen Gewirr
von Bäumen und Sträuchern;
das Rotkehlchen begrüßt den Tag,
jetzt die Amsel, der Buchfink, die Meise.

Schon zerfließt das Blau der Dämmerung,
greift erhellend in den neuen Tag.
Das Konzert beginnt.

Über allem ertönt das Lied der Mönchsgrasmücke,
hell und klar,
die kleine Kehle vibriert im Eifer.

Wie gut, dass er noch schläft – der Mensch.

Frühling

Über gelben Glocken
blau läutet die Meise.
Die Erde atmet Frühling,
duftend, bunt und leise
beginnend der Kreis im Reigen des Jahres.

Die Erde glänzt fett auf noch
schlafendem Acker,
auch spitzt schon die Saat auf benachbartem Feld,
und der Wind fächelt Blütenstaub hinaus
in die Welt.

Ein rauer Ruf aus zahlreichen Kehlen,
Kraniche ziehen gen Norden in geordneter Spur.
Sie eilen dahin, es treibt sie das Sehnen
zurück in die Heimat, zu ihrer Natur.

Ein lockendes Lied erklingt dort im Wald,
die Singdrossel ist es, als erste im Land.
Von raschelndem Laub befreit sich der Farn
und rollt seine Blätter, noch fest,
aus der Erde,
auch die Kröte erscheint jetzt ganz leise
und alle begrüßen den Lenz auf ihre Weise.

Shakespeare

Bei Shakespeare ist noch nicht ganz klar,
ob er der große Dichter war,
der seine Werke Blatt für Blatt
mit eigner Hand geschrieben hat.

Beim Sohn von einem Handschuhmacher,
behaupten seine Widersacher,
sei so viel Bildung ausgeschlossen.
Für adelige Hofpoeten
sei er als Strohmann aufgetreten.
So pinkeln heute noch posthum
Die Kritiker auf Shakespeares Ruhm.

Ganz ähnlich treiben es die Bühnen,
die ohne Anstand sich erkühnen,
das Werk des Dichters auszubeuten,
und möglichst zeitnah umzudeuten,
wie es dem Regisseur gefällt,
der sich ja stets für besser hält.

Den Hamlet sah man schon befrackt,
als Hippie oder splitternackt.
Die Julia und der Romeo,
die treiben es bald ebenso.
Der Romeo fleht am Balkon,
das Julchen lässt beim ersten Ton
verzückt ihr Babydoll-Hemd fallen
und pfeift auf alle Nachtigallen.

Er klettert rauf, sie ist willfährig,
obwohl doch beide minderjährig.
Sie lieben sich, die Leute toben,
natürlich bleibt der Vorhang oben.

Denn Kindersex bei Rampenlicht
sah man bisher im Schauspiel nicht.
Am nächsten Tag wird es verrissen,
damit auch alle Leute wissen,
welch schöne Stunden auf sie warten –
und ausverkauft sind alle Karten.

Einsicht

Nirgendwo ist alles
Nirgendwo ist nichts
Es ist wie es ist

Erwartung

Ich habe Sehnsucht
nach dem Duft des Frühlings,
der vom Wind verströmt;

Ich habe Sehnsucht
nach dem Leuchten der Farben,
der Fröhlichkeit der ersten Primel;

Ich habe Sehnsucht
nach der Lebenslust der Lämmer,
die mit ungelenken Sprüngen
die Welt begrüßen;

Ich habe Sehnsucht
nach dem Rauschen des Baches,
der eisfrei dem großen Wasser
entgegen tobt;

Ich habe Sehnsucht
nach einem Lächeln,
das eine flüchtige Begegnung erhellt;

Ich habe Sehnsucht
nach der Sonne,
die unser Leben vergoldet.

Vertrauen

Der Tag war wunderschön. Der Himmel erstrahlte in einem intensiven Ultramarinblau; die Sonne schien und wärmte die Wasseroberfläche des Pools in meinem Garten. Ich stieg in den Pool, um diesen Tag zu genießen. Als ich ein paar Züge geschwommen war, gewahrte ich zwei junge Schwalben, die nebeneinander auf dem Rand des Pools saßen und meine Annäherung gelassen beäugten. Ja, sie kannten mich wohl. Ihr Nest befand sich in der Box meines Pferdes und so sahen sie mir täglich zu, wie ich mit der Mistgabel unter ihnen hantierte und mein Pferd versorgte. Ich schwamm langsam zu den Schwalben. Irgendetwas stimmte da nicht, das sah ich sofort. Die Federn sahen struppig aus, auch war das Federkleid eindeutig zu spärlich.

Wie hatten mein Mann und ich uns gefreut, als im Frühsommer mit einem „wittwitt" das Schwalbenpaar in den Pferdestall blitzschnell hineinflog und sein altes Nest wieder bezog. Auch mein Pferd begrüßte die Ankunft, hob den Kopf und prustete freudig. Wir kannten uns alle bereits seit 3 Jahren.

Als dann die ersten weit geöffneten Schnäbel über dem Nestrand erschienen, waren wir gespannt, wann der Nachwuchs zum ersten Mal ausflog.

Nun war es so weit, zwei der vier Jungschwalben saßen jetzt hier auf dem Rand des Pools und sahen alles andere als gesund aus.

Als ich die beiden erreichte, blieben sie gelassen sitzen und beäugten mich mit ihren schwarzen Knopfaugen. Vorsichtig näherte ich meine Hand dem ersten Tierchen. Es blieb ruhig. Ich griff behutsam nach ihm. Die Schwalbe blieb ruhig in meiner Hand und äugte weiter. Was ich jetzt sah, erschreckte mich. Der Zustand des Federkleides, das diese Bezeichnung nicht verdiente, war schlimm. Die Federn waren struppig und so spärlich, dass man die nackte Haut sah. Ich fragte mich, wie der Vogel in diesem Zustand überhaupt hatte fliegen können.

Vorsichtig zog ich den Flügel lang und die Federn auseinander, schaute auch die Unterseite genau an und sah, dass platte, kleine Tiere blitzschnell versuchten, sich zu verstecken. Aha, da haben wir die Übeltäter, dachte ich, es sind Parasiten, die die Tiere an der Entwicklung hindern und sie krank machen.

Schnell ergriff ich eines dieser Biester und machte es unschädlich. Ich suchte die Schwalbe weiter ab, solange, bis die zerbissene, entzündete Haut frei von diesen Plagegeistern war. Der Vogel ließ sich alles gefallen, obwohl diese Untersuchung für ihn bestimmt kein Vergnügen war. Ich setzte ihn wieder auf den Poolrand und näherte mich dem nächsten Tierchen. Es hielt ebenso still bei der gleichen Prozedur.

Nun saßen beide noch einen Moment dort und dann flogen sie mit einem lauten „wittwitt" fort. Ich freute mich, dass ich helfen konnte, obwohl ich immer noch staunte über so viel Vertrauen mir gegenüber.

Der Tierarzt, dem ich die Parasiten genau beschrieb, erklärte mir, dass es sich hier um Schafsläuse handelte. Schafsläuse? Wie kommen die in das Nest in meinem Stall? Da fiel mir ein, dass neben der Weide, auf der mein Pferd Ausgang hatte, drei Schafe weideten, mit denen sich meine Iljawa stets gut verstand, und sie sich gegenseitig mit den Köpfen freundlich stupsten. So waren die Schafsläuse auf mein Pferd übergesiedelt, fanden bei ihm aber nicht die gewohnte Mahlzeit. Ich hatte jedenfalls beim Putzen meines Pferdes keine Parasiten festgestellt.

Und so sind sie weitergezogen, die Wand hochgewandert in das Nest der Schwalben.

Ein paar Tage später, als ich im Pool wieder meine Runden drehte, saßen sie wieder auf dem Poolrand und äugten. Zu meiner Freude sahen sie tatsächlich schon gesünder aus.

Am nächsten Tag waren sie wieder da. Ich konnte gar nicht glauben, dass sich das Federkleid innerhalb so kurzer Zeit zu verdichten begann. Die Schwalben beäugten mich wieder, begannen zu zwitschern und schossen dann mit „wittwitt" wie die Raketen davon, hoch hinauf in den blauen Tag.

Das war das letzte Mal, dass ich sie sah. Hatten sie mir mit ihren beiden Besuchen zeigen wollen, dass es ihnen jetzt gut ging? Sagten sie „danke"? Es sieht so aus, wer weiß!

Odysseus und Circe

Ein Pferd aus Holz mit Hohlraum innen
und 50 starken Männern drinnen
hat Troja einst zu Fall gebracht,
das hat Odysseus angemacht.

Jetzt zog der General a. D.
Odysseus auf die Odyssee,
besiegte manche Ungeheuer,
bestand so manche Abenteuer,
gefährlich – aber auch pikant –,
hier sei Frau Circe nur genannt.

Der Dame Sitten waren rau –
sie machte jeden Mann zur Sau!
Odysseus litt an den Gestaden
Schiffbruch mit seinen Kameraden.
Als er sie dann auf Kundschaft sandte,
weil er die Insel ja nicht kannte,
nicht wusste, ob sie sauber sei,
hat Circe gleich durch Zauberei
die Schar in Schweine umgewandelt
und mit Odysseus angebandelt.

Ein Jahr lang machten sie in Liebe,
sie wollte, dass er immer bliebe.
Jedoch er ging nicht auf den Leim
und sprach: „Ich hab' ein Weib daheim."
Die arme Circe rief bestürzt:

„Du Schwein, es hat sich ausgecirct!
Die Frau zuhause scheint euch allen
erst hinterher stets einzufallen."

Ja, der Odysseus war als Typ so,
er trieb's genauso mit Kalypso,
die Götter mussten ihn dann retten
von seiner Irrfahrt durch die Betten ...

Erbe der Menschheit

Es murmelt der Bach sich windend
zum See,
ein langer Ast ertastet sein Fließen.
Der frühe Morgen atmet aus und schickt
seine Frische, den Tag zu begrüßen.

Ein weißes Segel zieht vorbei,
gemächlich, ohne Eile.
Es zittert sein Spiegel und bleibt eine Weile.
Dort springt ein Fisch, um sich Futter zu jagen.
Am Ufer, der Reiher fischt dort schon seit Tagen.

Ein Leuchten durchbricht das Dunkel der Bäume;
die Sonne erscheint mit Wärme bestückt
und schenkt das Leben der Erde.
Doch nichts wird so bleiben,
da die Menschheit verrückt.

Macht und Geld beherrschen diese Welt.
Die Erde, sie rächt sich – sie braucht nicht das Geld.

Mit Stürmen, Fluten und Gluthitzen warnt uns die Erde,
auf dass die Menschheit aufwachen werde.

Die Natur schreit um Hilfe,
seht und hört ihr das nicht?
Hat diese Stimme denn gar kein Gewicht?

Die Herren an Banken- und Konzern-Spitzen,
die betrügen und lügen,
erhalten dafür Steuer-Spritzen.
Sie manipulieren und raffen sich Geld
und pfeifen auf Menschen,
Gott und die Welt.

Die eisigen Pole schmelzen dahin,
doch alles, was zählt, ist der
Milliardengewinn.
Die Vertreter der Völker verhandeln
fast jährlich als Hobby,
es ändert sich nichts,
so stark ist die Lobby.

Nero

Nero war ein Genie, ein echtes,
trotzdem hört man von ihm nur Schlechtes:
Er trank zu viel, war häufig blau,
dann ließ er Bruder, Mutter, Frau
als störend um die Ecke bringen,
doch mehr noch liebte er zu singen.

Zwar war die Stimme dünn und schwach,
denn er verstand nicht viel vom Fach,
doch trat er auf bei allen Festen
und hielt sich selber für den Besten.
Man wagte nicht, das zu bestreiten,
denn um ihn her, auf allen Seiten,
stand Militär, das Schwert gezogen –
da hätten Sie doch auch gelogen!

Als er mal Rom zu öde fand,
da steckte er die Stadt in Brand,
ein Happening, das Nero feierte,
indem er auf der Leier leierte.

Festwochen hat er inszeniert,
Christen und Löwen engagiert,
das Drehbuch aber so geschrieben,
dass nur die Löwen übrigblieben.

Er wäre heute einzureih'n
bei Zadek, Fassbinder und Stein,

ein wirrer, irrer Regisseur,
er hatte das Malheur,
dass er daneben Kaiser war:
Darunter hat er offenbar
sein ganzes Leben lang gelitten.
Und drum die Kehle sich durchgeschnitten.

Lysistrata

Lysistrata ist nicht historisch,
jedoch man schätzt sie allegorisch,
die vor der Schwarzer schon entdeckte:
„Wir Frauen sind keine Lustobjekte!"

Sie unterscheidet sich ein bisschen
vom feministischen Alicech,
sie war gar nicht emanzipiert,
nicht gegen Männer motiviert:
Im Grunde trieb sie es sehr gern
mit ihrem angetrauten Herrn.

Doch der war leider Tag und Nacht
auswärts in irgendeiner Schlacht,
und wenn er einmal Urlaub hatte,
total erschöpft der treue Gatte
nur badete und soff und fraß,
da lief in Liebe kaum noch was.

Und wenn er doch mal Lust verspürte
und auf das Ziegenfell sie führte,
da sagte sie: „Jetzt mag ich nicht!"
Bestreikte ihre Ehepflicht,
und allen Frauen sagte sie:
„Wenn einer will – im Urlaub nie!"
Was damals noch erfolgreich war,
ist heute nicht mehr anwendbar.

Jetzt gibt es ja bei allen Truppen
so liebenswerte Puppen,
auch Callgirls gibt's,
die sich nicht schämen,
den Part der Frau zu übernehmen.

Drum, Frau, versuch es lieber nie
mit solcher Lysi-Strategie!

Feierabend

Die Räder stehen still.
Vom Lärm zerhackt setzt sich der Tag.
Samtpfotig reckt der Abend die Glieder,
die Hoffnung erhebt sich,
der Traum ist bereit –
es ist Katzenzeit!

Die Stille läuft Amok im Schweiße
der Disco.
Mit leerem Blick wiegen sich Hüften im Takt
und zuckende Füße zertreten die Nacht.
Im Herzen schwappt Cola, im Bauch liegt Big Mac.
„It's time for the cat!"

Klagend der Schrei aus geschnurrter Lust.
In schmalen Augen blitzt Neonlicht,
Balanceakt auf nachtschwarzen Dächern.
Erfüllt lebt das Leben mit schleichenden Tatzen.
Es ist die Zeit der Katzen.

Alles Bio

(gesungen mit der Melodie: „Im Märzen der Bauer die Rösslein anspannt")

Im Märzen der Bauer sein' Traktor
anspannt;
zuerst fährt er Gülle, dann Chemie
aufs Land.
Und dann nochmals Gülle,
er hat ja genug!
Subventioniert wird in Fülle
und so scheißt man uns zu.
Muh, muh, muuuuhh

Leonardo da Vinci

Vinci da der Leonardo
war von Geburt her ein Bastardo:
Mama war Magd, Papa Jurist,
der Sohn Genie, was häufig ist,
der viele große Sachen machte,
doch öfters nichts zu Ende brachte.

Vor allem malte er natürlich
und formte plastisch und figürlich,
er schuf Entwürfe und Modelle
für Dome, Brücken, Festungswälle,
betätigte sich anatomisch,
optisch, mechanisch, astronomisch
und war ein erzgescheites Haus,
der Zeit Jahrhunderte voraus.

Was er in seiner Fantasie sah,
beweist das Bild der Mona Lisa:
Sie lächelt nicht von ungefähr,
sie lächelt tele-visionär.

Der Ausdruck ist uns wohlbekannt,
verlegen, dümmlich, arrogant,
wir brauchen nur, um das zu sehen,
den Fernsehkasten aufzudrehen,
wo uns auf sämtlichen Kanälen
die Mona Lisas was erzählen.

Ansagerin und Werbedame,
wie Leonardos Großaufnahme
nach ewiger TV-Schablone,
nur oben sichtbar, unten ohne.

War sie auch anno dazumal
vielleicht das Schönheitsideal,
so muss man heute doch gestehen:
Sie ist kein Reiz, um fernzusehen,
sie würde allenfalls gelitten
nach 22 Uhr im Dritten
als leicht frivoles Unschuldslamm
mit Hinweis auf das Nachtprogramm.

Der zertretene Tag

Was machte der Alte da unten am Kanal? Juan stand in der Dusche und wusch sich die Ölschmiere von Armen und Händen. Es war Mittagszeit. Die Sonne stand hoch am Himmel und trocknete seine nasse Haut. Da die Dusche seitlich am Haus als Außendusche angebaut wurde, konnte er hinunter zu dem Kanal sehen, wo der Vater in einem Boot hantierte.

Es war Sonntag heute und Juan ließ sich Zeit. Er frottierte gemächlich seinen braunen, muskulösen Körper ab. Ja, es war Sonntag, eigentlich. Aber das hieß noch lange nicht, dass dies ein Faulenzertag war, wie der Alte zu sagen beliebte. Hier, in dieser Familie, wurde auch sonntags gearbeitet, basta. Bis zur Siesta, ausnahmsweise.

Juan schlüpfte in seine Jeans und zog zur Feier des restlichen Sonntags ein weißes Hemd an.

Das Gepolter am Kanal verstummte und der Alte kam in leicht gebeugter Haltung an Juan vorbei. Er musterte seinen Sohn mit einem bösen Blick: „Recht so, mach Dich nur fein! Überlass die Arbeit anderen, Don Juan!" Das „Don" spuckte er verächtlich vor sich hin. Der Sohn ballte die Fäuste. Es war sinnlos dem Vater zu antworten, das wusste er. Der Alte kam zurück, ging an ihm vorbei, als wäre er Luft, zurück zum Wasser. Der freie Nachmittag freute Juan nicht mehr.

Er hatte zusammen mit dem Vater dieses Haus gebaut, das heißt, es war eigentlich ein Anbau an die Werkstatt, die schon seit Großvaters Zeiten bestand. Das Haus war bescheiden, aber ausreichend für die Familie. Es gab auch einen kleinen Garten, den Mama liebevoll gepflegt und dort das Gemüse für die Familie angebaut hatte.

Damals, als Mama noch lebte, war alles erträglich gewesen.

Zwei Jahre waren vergangen, seit sie starb und sich so den steten Nörgeleien des Alten, des Vaters, und der nicht endenden Ärmlichkeit entzog.

Eine stille und geduldige Frau war sie gewesen, brachte ihre vier Kinder – Rosita, die jetzt zwanzig war, Juan, und die beiden Kleinen, Rosa und Lola – zur Welt, erzog sie liebevoll und beklagte sich nie.

Später, als die Kinder größer waren, wurde Mama der ausgleichende Pol zwischen ihnen und dem Vater. Während ihres ganzen Lebens besaß sie nur ein Kleid. Das war schwarz und für alle Anlässe, ob freudige oder traurige, und auch für die Messe, gut.

Sie litt unter dem gespannten Verhältnis, das Vater und Sohn zueinander hatten. Und als Rosita im strahlenden Alter von 17 Jahren, mit ihren rabenschwarzen Augen, die Jünglinge der ganzen Umgebung in Aufruhr brachte, musste sie die wenige Kraft, die sie noch hatte, aufbringen, um den Vater von dem Gedanken abzubringen, der heiratsfähigen Tochter alle Freuden des modernen Lebens zu verbieten. Er hätte sie am liebsten, wie es vor hundert Jahren üblich war, ins Haus verbannt und hinter schön geschmiedeten Gittern versteckt.

Er wollte nichts hören von anderen Zeiten, den modernen, in denen junge Mädchen in Discos tanzten und sich mit dem Heiraten Zeit ließen. Gottlob waren Rosa und Lola noch Kinder. Die

Mutter starb, ganz plötzlich, ohne ein Krankheitszeichen. Juan fand sie im Garten, neben dem Korb mit Bohnen, die sie soeben geerntet hatte.

Die Kinder waren geschockt durch den Verlust, unendlich traurig und erahnten bereits, dass das Leben von nun an schwieriger, noch schwieriger, sein würde.

Sofort nach der Bestattung ging der Vater in seine Werkstatt, zog seine Arbeitshose an und begann den alten Seat, der dort aufgebockt stand, herzurichten. Die zahlreiche Verwandtschaft, die sich zur Beisetzung eingefunden hatte, überließ er sich selbst und Rosita, die ab heute die Hausfrau zu sein hatte.

Juan seufzte und sah hinter seinem Vater her, der bereits am Kanal in irgendeinem Boot stand und herumlärmte.

Gestern noch gab es mit dem Alten einen Riesenkrach. Es ging um Ramon, den Sohn des Fleischers, der sich in die schönen Augen Rositas verguckt hatte und der sehr ernste Absichten bekundete. Der Alte stellte sich taub. Er wollte nichts davon hören. Ausgerechnet Ramon, der Sohn von Alfonso! Den konnte er in der Schule schon nicht leiden und nun sollte er mit dem verwandt werden? Nie, niemals. Finito! Er war der Patron.

Rosita lief mit verheulten Augen umher. Die Kleinen verkrochen sich vor Angst. Wie so oft hatte es der Alte geschafft; mit ein paar Worten zertrat er den Tag. Er war ein vorsintflutliches Ungeheuer.

Am Kanal polterte und hämmerte der Vater ohne Rücksicht auf die sonntägliche Ruhe der Nachbarn. Er war der Patron.

Was könnte er, Juan, hier in dem Küstenort, der von Touristen gut besucht war, aus der altmodischen Werkstatt des Alten alles machen! Im Hafen wurden die Liegeplätze für die Boote bereits wieder erweitert. Fachleute waren gesucht, Handwerker, die Boote reparieren konnten. Aber er sprach gegen eine Wand. Der Alte wollte nichts von Änderungen hören. Eine Autowaschanlage – die brächte Geld. Finito, knurrte der Alte, ich bin der Patron. Kannst ja gehen, hatte er schließlich geschrien. Gehen – wohin ohne Kapital? Gespart hatte Juan nichts, konnte er ja gar nicht, denn der Alte gab ihm für seine Arbeit nur ein Taschengeld. Wie satt er, der Sohn, das alles hatte ... und Mama war nicht mehr da, um zu vermitteln und zu überreden.

Die kleine Werkstatt und das Grundstück, auf der sie stand, gehörten der Familie, und das war ihrer aller Kapital. Dies war genug an Sicherheit, um von den Banken Geld zu bekommen, damit man investieren und modernisieren konnte. Autos, aber hauptsächlich Boote, könnte man warten und reparieren. Man könnte auch das Grundstück nutzen, um in der Winterzeit Boote abzustellen. Das alles bot sich hier an der Küste an. Aber – finito, der Alte war der Patron.

Wie alt musste er, Juan, noch werden? Waren 22 Jahre nicht Jahre genug, um eigene Entscheidungen zu treffen? Die Schwestern sollten nicht, wie Mama früher, aufs Heiraten angewiesen sein. Sie sollten nicht irgendeinen Mann nehmen müssen, nur um versorgt zu sein. Sie sollten etwas lernen. Er, der Bruder, fühlte sich für sie verantwortlich. Wenn der Vater sich nicht kümmerte, musste er das tun. Vielleicht würde Rosa studieren. Sie war sehr begabt und ihr würde es Freude machen Tierärztin zu werden. Doch Studium kostet Geld und von dem, was die veraltete Werkstatt einbrachte, konnten sie gerade satt werden. Aber der Vater wollte nichts davon hören. Er fuhr weiter in alten Gleisen bis in alle Ewigkeit.

Heftiges Gepolter klang vom Kanal her und dann ein Ächzen. Juan sah auf und folgte den Geräuschen. Er ging hinunter zum Kanal. Der Wasserspiegel des Kanals glitzerte einen Meter unterhalb der Ufermauer. Ausrangierte Autoreifen waren an Tauen befestigt und hingen bis ins Wasser hinab, um anlegende und liegende Boote vor den groben Steinen der Mauer zu schützen.

Die Geräusche kamen aus dem flachen Boot, das dort vertäut lag. Der Vater hockte in diesem Boot auf den Knien. Weit vornübergebeugt, die Arme tief im Wasser, hing sein Oberkörper über dem Bootsrand. Er hielt krampfhaft den soeben abmontierten Aussenbordmotor fest, der schwerer gewesen war, als er dachte. Er hatte nicht die Kraft, ihn diesen einen Meter hoch zum Ufer zu heben.

Durch das Gewicht des Motors und das des Mannes hob sich das Boot zur offenen Kanalseite, gab sachte dem drängenden Gewicht nach und driftete, bis die Leinen straff waren, von der Ufermauer fort. Zwischen ihr und dem Boot wurde ein schmaler Streifen Wasser sichtbar. Das Boot gab dem Gewicht immer mehr nach, doch der Vater ließ stur den schweren Motor nicht los. Im Fallen schlug er noch mit dem Kopf gegen die Mauer, dann verschwand er kopfüber im Kanal. Das Boot, von der einseitigen Last befreit, wippte heftig zurück. Über dem versunkenen Körper lag es dann leise schaukelnd still.

Er, Juan, der Sohn, hätte das alles verhindern können. Er hätte nur die Leine und damit das Boot rechtzeitig ans Ufer heranziehen zu brauchen – aber er tat es nicht.

Als er schließlich aufblickte und hinüber sah zur anderen Seite des Kanals, sah er direkt in die Augen einer alten Dame, die, am Fenster stehend, alles mit angesehen hatte.

Sommer

Ruhig, mein Freund, bleib da!
Dort lockt der Wald, – ich weiß ...
Es flirrt die Luft über zitternden Ähren.
Die Wärme durchdringt Deine Haut.
Ich spür' Deinen Leib –
wie ein Bogen gespannt –
lauschend Dein Ohr,
Dein Auge strahlt Glück.
Ja, beug' den Kopf, den edlen,
vor ihr – der Natur.

Ruhig, mein Freund, bleib da!
Sich verlierend im Blau
jauchzt droben die Lerche!
Der Wind föhnt Dein Haar.
Du atmest Sonne, die Nüstern gebläht,
Klee duftet rosa und knickt unter Dir,
gelbe Falter durchtaumeln den Tag,
der von Bienen gesummt.

Jetzt, mein Freund, jetzt!
Lauf, zeig Deine Freude, greife aus
und trommle Dein Glück
hinaus in die Welt!

Ja, lauf, mein Freund.
Die geschmeidige Kraft im Spiel
Deiner Muskeln.
Mit feurigen Augen durchfliegst Du
die Zeit!
Mein Herz mit Dir,
edelstes Geschöpf auf Erden.
Mein Pferd,
mein Freund,
ich danke Dir!

Die Nibelungen

Jung-Siegfried war ein blonder Rocker,
das Messer saß ihm ziemlich locker.
Als Knabe lernte er das Schmieden,
doch leider hielt er keinen Frieden.
Hieb den Gesellen in die Fresse,
zerschlug den Amboss und die Esse,
hat Mime selbst, den Schmied, bedroht
und schlug dann einen Lindwurm tot.

Zwerg Alberich gab ihm sofort
den ganzen Nibelungenhort,
den ließ man dann im Rhein versinken,
und ganz alleine dort ertrinken.

Wir Deutschen preisen stets aufs Neue
die hehre Nibelungentreue.
Nun ja, sie kann sich sehen lassen –
wenn wir mal kurz zusammenfassen:

Siegfried hat Brunhild fies betrogen,
dann Kriemhild sich zur Brust gezogen.
Die fällt herein auf Hagens Finten.
Der killt mit Kreuzstich ihn von hinten.
Kriemhild, verehelichte Etzel,
lädt die Familie zum Gemetzel.
Es sterben all die lieben Jungen
als End vom Lied der Nibelungen.

Rubens

Als Deutscher kommt man nicht vorbei
an Rubens und der Malerei.
Die Kunstwelt zwar behauptet hämisch,
dass er nicht deutsch war, sondern flämisch.
Da scheint ein Irrtum vorzuliegen,
geboren wurde er in Siegen
und später schulte man ihn ein
als Hosenmatz in Köln am Rhein.
Was oft aus seinen Bildern schreit,
Genuss und Rausch und Sinnlichkeit,
die Lebensfreude, drall und prall,
hat er vom Kölner Karneval.
Der hing ihm bald zum Halse raus,
er wanderte nach Belgien aus.

Als rheinisch echte Frohnatur
folgt Joseph Beuys des Künstlers Spur.
Ein wirklich cleverer Eleve,
denn seine Wiege stand in Cleve.
Wenn man die beiden so vergleicht,
fällt uns das Urteil nicht ganz leicht.

Bei Rubens prangt des Fleisches Fülle
an runden Leibern ohne Hülle.
Er malte, weil es ihn nicht störte,
das Fett dort, wo es hingehörte:
Die Damen standen gut im Futter.
Das sieht man: Alles ist in Butter,

Herr Beuys zeigt andere Routine,
er leistet mehr in Margarine
und hat, mit Rubens mal verglichen,
auch damit schön was eingestrichen.
Beuys hat den Fettstuhl ausgedacht,
Rubens die Amazonenschlacht.

Er malt das Nackte ganz direkt
und Beuys hält sich den Kopf bedeckt.
Sie sind im künstlerischen Ringen
nicht unter einen Hut zu bringen.

Gedankenzeit

Halte in Deiner Hand die Blume,
die Schönheit –
sie blüht und vergeht, blüht und vergeht.

Halte in Deiner Hand die Erde,
die Wirklichkeit –
sie ist da, sie ist da.

Halte in Deiner Hand die Sterne,
die Ewigkeit –
sie glühen und vergehen,
sie glühen und vergehen.

Halte in Deiner Hand Dein Herz,
die Menschlichkeit –
es liebt und vergibt,
es liebt und vergibt.

Meeresleuchten

Der Nachthimmel leicht verhangen,
neblig das Ufer verschleiert,
der volle Mond hinter Milchglas.

Wind greift mir ins Haar,
ich schmecke das Meer,
das Salz der Erde,
die Tränen der Tiefe.

Volltönend die Wellen,
die sich schäumend brechen
am dunklen Strand,
zurückflutender Atem –
erneut sich erhebend,
um mit blauem Strahlen
heranzubrausen –

aus der Tiefe die irisierende Bläue,
sich mit den Wellen überschlagend
– ersterbend –
Meeresleuchten!
Neptun hält Hof!

In der Nähe der Bucht, gedämpfter
Schein der Uferpromenade,
der Zeichen menschlichen Lebens
hinter Fenstern –
und draußen die Schwärze der Nacht.

*Helle Gischtkronen reiten heran –
das Meer – seit Ewigkeit zu Ewigkeit!
Die gewaltige Stimme erhoben,
in leuchtendem Überschlagen
leiser werdend
fegt es mit leichter Hand
meine Spuren aus dem Sand.
Es tastet sich heran,
es leckt meine Stiefelspitzen
und flüchtet – gurgelnd – zurück
in die brüllende Dunkelheit.
Mit neuer Kraft erreicht es mich,
unter mir prickelt der Sand.*

*Und wieder ist es da …
flach fegt es heran …
näher und näher, fast lockend.
Verführer – dunkel und endgültig!
Atme mich ein und wiege mich
in Deinem rhythmischen Schoß!*

Oberammergau

In Oberammergau, dem Nest,
da wütete dereinst die Pest.
Worauf das ganze Dorf gelobte,
wenn dort die Seuche nicht mehr tobte,
original nach Bibelquellen
des Heilands Leiden darzustellen.
Wie er am Kreuz gestorben war,
und zwar in jedem zehnten Jahr.
Gott gab Gehör dem Notgebet
und noch viel mehr, wie ihr gleich seht:

Denn als man sah, das Spiel erbringe
weit mehr als dreißig Silberlinge,
da ging verstärkt, zuletzt ganz groß,
die Oberammer-Gaudi los.
Sie schenkt dem Dorf immense Schätze:
400 und noch viel mehr Plätze
sind täglich ausverkauft im Saal,
das in der Spielzeit hundertmal.

Die Preise für fünf Stunden Spiel
sind 8 bis 60 Euro nicht zu viel,
doch Gäste, die das Spiel betrachten,
die müssen zweimal übernachten.
Und vor dem Abendmahl des Herrn
stärkt man sich selber auch noch gern:

Darum, bevor sie ihn verraten,
gibt's Knödel, Bier und Schweinebraten.

Wo sich die Massen derart drängen,
bleibt für das Dorf ganz schön was hängen,
und unterm Abschlussstrich ergibt sich:
Zum Beispiel 1970
ging Christus auf den Leidenspfad
für ein Gemeinde-Hallenbad.

Wer so die Huld des Herrn kassiert,
spielt die Passion auch passioniert
und nimmt, hört dieses Fest mal auf,
gern eine neue Pest in Kauf!

Das Ende vom Paradies

Bunte Federn durchwandern die Welt. Stolz getragen von einem Bittenden.

Ein Paradiesvogel trauert um uralte Bäume, um das Paradies seiner Heimat, das bald keines mehr sein wird.

Bäume, in Jahrhunderten gewachsen, gewachsen um der Menschheit den Atem zu schenken, ohne den kein Leben existiert. Bäume, gefällt in Minutenschnelle mit und ohne Genehmigung. Gefressen von der Geldgier einiger Menschen.

Da steht er – der Häuptling – fast nackt; geschmückt mit den Federn der schönsten Paradiesvögel seiner Heimat Papua-Neuguinea!

Dunkle Haut und Augen, die von der Liebe zur Natur erzählen.

Stolz und doch bescheiden erfleht er von uns das Leben seiner Bäume, seiner Welt und auch der unseren.

Ich traure mit ihm um jeden fallenden Baum,
die grüne Lunge unserer Erde;
und die Heimat der schönsten Vögel der Welt ist ... war?

Geld kann man nicht essen –
kann man Geld atmen?

Häusle-Bau

Erst war der Baugrund wüst und leer,
da musste schnell ein Bagger her.
Der grub das Loch für einen Keller,
des Bauherrn Miene wurde heller.
Die Baufamilie war beglückt
und jubelte ganz weltentrückt.
Wie sehr das Bauloch ihr gefällt,
als sei's das schönste Loch der Welt!

Vorbei, vorbei der ganze Stunk
mit Akten und Bewilligung.
Jetzt ran, ihr Männer, frisch und frei,
damit das Haus bald fertig sei.
Und dann drang an des Bauherrn Ohr
das erste Rattern vom Motor
der Kübelmörtelmischmaschine,
da strahlte des Erbauers Miene.
Der Kellerraum war kein Problem,
so fix, so sollt' es weiter gehn!
Und kaum, dass man sich umgeschaut,
da war das Erdgeschoss gebaut.

Der Wunsch beflügelt zwar Gedanken –
doch sah man bald die Maurer wanken
in die verbretterte Baracke,
die man zuvor errichtet hatte;
bei Frühstück, Regen, Wartezeiten
sah man die Mörtelrecken
alle viere von sich strecken.

Das Handwerk schlief, der Bau,
der stand,
der Bauherr tobte: „allerhand …"
Doch nach dem ersten Krach, o Wonne,
kam wieder Trab in die Kolonne.
Der Nachbar rechts, der auch gebaut,
hat öfters mitleidsvoll geschaut,
der unkte rum, der malte schwarz:
„Das wird doch nie was!"
„Ja, so war's."
Der Bauherr grollt: „Sie Nippfigürchen,
bei mir klappt alles wie am Schnürchen."
Am Mittwoch sah man endlich klar,
dass alles nur ein Wunschtraum war.
Ein Engpass hier, 'ne Pleite dort
setzte sich fast täglich fort.

Die Regenrinnen, die nicht passen,
Dichtungen, die Luft reinlassen,
Türen, die partout nicht schließen. –
Den Bauherrn konnte nichts verdrießen!
Dann eines Tages – Halbzeit auf dem Bau.
Das Dach war fertig – welche Schau!
Die Richtkrone dreht der Wind
und aus dem Fass das Starkbier rinnt.

Der Nachbar rechts, der wusst' Geschichten
vom Innenausbau zu berichten,
da stellten sich die Haare auf.
Na gut – wir passen besser auf!

So dacht' der Bauherr, noch ganz heiter.
Die Pleiten aber gingen weiter.
Erst fand der Tischler keine Zeit,
dann tat's dem Heizungsmenschen leid.
Auch das Parkett blieb ungelegt,
der Glaser hat sich nicht bewegt,
stattdessen kam der Maler dann,
sucht Fenster, die er streichen kann.
Wer wochenlang solch Chaos sieht,
der wird zum Schluss recht abgebrüht.

Man lässt zwar Nerven und auch Haare,
doch Gleichmut ist das einzig Wahre.

Dann kam der Tag, wo die Bilanzen
gehörig aus der Reihe tanzten.
Zu vielen Wünschen hat man nachgegeben,
Was niemand glaubt', geschah dann doch:
Ein Häusle steht im Baggerloch.
Nur einen Schlüssel braucht man dreh'n,
um in die Pracht hinein zu geh'n.
Der Bauherr stürmt den Hobbyraum,
die Hausfrau ruft: „Es ist ein Traum!"
Und alle Konten, die sind leer,
ein eignes Haus, was will man mehr!
Ein solches Haus ist Goldes wert,
hoch klingt das Lied vom eignen Herd!

Chanel

Wir liebten und fürchteten es, das Maskottchen unseres Reitstalls. Dieser Schutzgeist war ein Ziegenbock und er stank elendig.

Er trug seinen Namen zu Recht; wahrscheinlich zum Entsetzen des Pariser Modeschöpfers.

Der Stall war sein Zuhause. Er lebte in einer Box mit einem Schimmel, der sein Freund wurde. Chanel war hinterlistig. Er lauerte uns Reitern auf, versteckte sich hinter der Futterkiste und wartete, bis einer von uns, mit Sattel und Zaumzeug beladen, aus der Sattelkammer kam, senkte seine Hörner, nahm Anlauf und rammte uns seinen Kopf in die Kniekehlen. Während der so angegriffene Reiter versuchte wieder auf die Beine zu kommen, stand Chanel schon wieder in Angriffsstellung. Es machte ihm richtig Spaß. Falls kein anderer Reiter zu Hilfe kommen konnte, blieb Chanel unbestritten der Sieger des Tages.

Als er krank wurde und starb, haben wir alle sehr getrauert. Es fehlt uns seine Schlitzohrigkeit und seine Schadenfreude.

Frühstücksbesuch

An einem schönen Tag, am frühen Morgen, wenn die Stille des aufziehenden Tages nur von Vogelgezwitscher überstimmt wird, auf der Terrasse zu sitzen, vor sich den gedeckten Frühstückstisch, auf dem die Brötchen und der Kaffee duften, das hat was!

So begannen wir mit dem Frühstück und dann kam Besuch.

Eine Kohlmeise flog heran, setzte sich auf die Auflage des nicht belegten Gartenstuhls uns gegenüber und begann in das Kissen zu picken. Wir sahen sprachlos zu, wie sie sich dann abmühte, aus dem Kissen die Füllung herauszuziehen, um dann mit einem Watteflocken davonzufliegen.

Kaum hatten wir uns von der Überraschung erholt, war die Meise wieder zurück und zerrte den nächsten Flocken aus dem Polster und flog davon. Wir waren keines Blickes würdig.

„Aha, da hat jemand vor, eine Familie zu gründen", lachte mein Mann, „ganz schön dreist, die Kleine!"

Die Meise höhlte weiterhin eifrig das Kissenpolster aus. Das ging so ein paar Tage. Dann kam sie nicht mehr. Der Schaden war nicht groß; unser Vergnügen an der Schlauheit des Vogels war viel größer.

Die Zeit verging und wieder saßen wir an unserem Frühstückstisch und dann erschien eine zerrupfte Meise. Die Kopffedern standen kreuz und quer um ihr Köpfchen, die Flügel sahen

65

struppig aus; sie wirkte völlig abgehetzt. Sie setzte sich mit einem Seufzer (wie es mir schien), neben unsere Sonntagsbrötchen und begann zu rufen. Und dann erschienen 1, 2, 3, 4, 5 kleine Meisenkinder, runde, gelbe Bällchen. Sie setzten sich vor Mutti, rissen die Schnäbel auf, schlugen mit den Flügelchen und bettelten lauthals um Futter.

„Aha, da ist die junge Familie, die auf dem Innenleben unseres Polsters wohlgebettet war", lachte ich.

Die Meisenmama nahm uns wieder nicht zur Kenntnis, hüpfte zu einem Sonntagsbrötchen, pickte dort einen Krumen nach dem anderen heraus und stopfte alles in die aufgesperrten Schnäbel ihrer Brut. Unbekümmert, es war ihr völlig egal, dass wir in nächster Nähe saßen, fütterte sie ihre Kinder. Sie war völlig abgewirtschaftet und ziemlich mager. Man konnte meinen, dass ihr der Schweiß auf der Stirn stand.

Als die Brut satt war und davonflog, ließ sich Mama dazu herab, uns aus ihren schwarzen Knopfaugen einen langen Blick zu schenken, nahm dann noch einen Happen von unserem Brötchen, um dann eilig hinter der Kinderschar her zu fliegen. Man hatte uns tatsächlich wahrgenommen. Der Blick schien zu sagen: „Hach, nichts als Arbeit mit den Kindern!"

Der Besuch kam jetzt täglich, wir hatten unser Vergnügen daran und warteten auf die Vogelfamilie. Natürlich lag jetzt vorsorglich ein aufgeschnittenes Brötchen für unsere Gäste parat. Wir waren schließlich ein gastliches Haus.

Die ganze Vogelschar verschwand dann, als der Nachwuchs sich selbst versorgen konnte; und wohl auch gemerkt hat, dass fleischliche Kost für sie besser ist als Sonntagsbrötchen.

Jetzt sitzen die Gastgeber allein am Frühstückstisch und hoffen, dass im nächsten Jahr wieder eine Meise, oder dieselbe Meise, kommt und unser Sitzpolster ruiniert.

Wie sein?

da..............sein
ganz............sein
heil..............sein
anders...........sein
allein............sein
suspekt.........sein
Zielscheibe......sein
f r e i............sein

Die Borgias

Jetzt führe ich Euch zu Gemüte
die Renaissance in höchster Blüte,
und zwar an dem so hohen Paare
Lucrezia Borgia und Cesare.

Sie hatten beide miteinander
als Pappi den Papst Alexander,
der lebensfroh und sehr aktiv
mit seiner eigenen Tochter schlief.
Das war bei Borgias so Brauch:
Er nahm sie her, sie nahm ihn hin,
bis er dann aus Familiensinn
zwei Schwager um die Ecke brachte
und zweimal sie zur Witwe machte.

Lucrezia, die zwei neue nahm,
war ihm darob nicht einmal gram.
Die Borgias waren äußerst gastfrei,
doch jeder wusste, im Palast sei
nicht jeder lebend weggekommen,
der dort sein Nachtmahl eingenommen.

Lucrezia, sehr verführerisch,
bat tief dekolletiert zu Tisch.
Die Herren stöhnten: „mia bella",
sie bot dann an die „cantarella".

Das Borgiagift nach Hausmannsart,
den letzten Schluck zur letzten Fahrt.

Niccolò Machiavelli schrieb
„Il Principe", der im Prinzip
dem Geist der Borgias voll entsprach –
man handelt heute noch danach:

Wer herrschen will, der darf betrügen,
vergiften, morden, stehlen, lügen,
weil letztlich nur die Großen, Bösen
in unserer Welt Probleme lösen.

Der Baum

Duftendes Flüstern im Häherschrei –
der Tann erwacht!
Gerauschte Gespräche im streichenden Wind
mit Nadeln umsteckt.
Verwischte Gedanken der Nacht.

Die fallende Feder im Schatten sich senkt.
Mit wärmendem Atem streift Sonne die Wipfel,
umzittert grüntupfig das heimliche Nest,
dessen Leben erschöpft seine Schale sprengt.

Am schaukelnden Zapfen die läutende
Meise,
der Buntspecht dröhnt gegen den Stamm.
Im harzigen Dunkel das Leben,
das Leben erhalten kann.

Es zittert die Tanne –
in Ahnung erbebend schweigt dunkel der Wald.

Auf metall'nen Zähnen liegt taufrisch der Morgen.
Die Sonne blitzt auf!

*Mit höhnischem Kreischen,
hysterisch in Eile,
gräbt sich die Säge hinein in den Stamm.*

*Rauschendes Sterben und stürzender Schrei,
aufseufzend die Erde
— zerflossen der Traum —
ein Märchen zu Ende.
Es war n u r ein Baum!*

Abschied

Im Duft der Rosen,
im Herzschlag des Vogels gelebt,
jede Blume.
Schmerzhaft die Schönheit,
geliebte Pferde,
anmutige Dalmatiner,
zärtliche Katzen,
Sonne – Schatten durchwandert – so kalt!
Allein meine Haut –
wo bist Du?
Gib mir Deine Hand!
Schatten werden mir zu viele!
Hörst Du die Symphonie?
Gewaltig, alles umfließend?
Mein Pferd ist gekommen!
Weiche Nüstern gebläht,
ungeduldiger Hufe Tanz.
Komm, Iljawa, wir reiten zu den Sternen.

Abendgebet

Herr,
gib mir die Kraft zu vergessen,
was hinter mir ist;
gib mir die Größe zu verzeihen,
was mir geschehen ist;
gib mir Weisheit zu erkennen,
was wichtig ist;
gib mir Gelassenheit anzunehmen,
was nicht mehr zu ändern ist;
gib mir Erkenntnis, dass
nichts gegen mich ist;
gib mir die Einsicht,
dass Leben leben ist und
schenke mir Freude an dem, wie es ist.

Carmen

Bizet komponierte manche Dramen,
auch das der spanischen Carmen.
Das Weib war sexy, vorlaut und gemein,
Sie stach mit Messer auf Kollegin ein.

Don José sollte fest sie nehmen,
er war ihrem Charme sofort erlegen.
Drum machte sie kein Gewinsel,
sie entschied sich für den Einfaltspinsel.
Er ließ sie dann auch laufen,
um sich so eine Liebesnacht zu kaufen.

Vorerst ging er in Arrest,
mit Aussicht auf das Liebesfest.
Aus dem Knast er kam zurück,
ein andrer bastelte an seinem Glück.

Nun sah José ganz wild sehr rot
und schlug die Konkurrenz fast tot.
Doch weil die ein Leutnant war,
war die Idee nicht wunderbar.
So musste schnell er desertieren
und seine Liebe schockgefrieren.

Als schmuggelnder Zigeuner dann
sein neuer Lebensweg begann.
Streng hielt er sich verborgen –
ihn fanden nur die Sorgen.

Die treue Michaela kam
mit Briefchen von der Mutter an,
in dem sie weinend José bat:
„Komm doch nach Hause und lass ab."
Er ließ sich nicht erweichen,
schlief weiter unter Eichen.

Bald war Carmen das alles leid,
sie sehnte sich nach Heiterkeit.
Da nutzte auch kein Song
von Blumen und von Rosen,
sie sah sich um nach neuen Hosen.

Der Torero singend stolz erschien,
da war sie völlig weg und hin.
Sie höhnte José gar nicht fein.
Der ließ jetzt Liebe Liebe sein,
er streckte nach ihr aus die Hände,
mit einem Messer stieß er zu
und so fand Carmen endlich Ruh.

Ein neuer Tag

Der Wecker schrillt – die Nacht ist vorbei –
öffne die Augen!

Der Tag ist gewillt Dich zu mögen –
Du musst nur dran glauben!

Hör doch, die Amsel beginnt sich zu regen,
sie singt ihr Lied Dir entgegen!

Der Wind beginnt den Himmel zu waschen

Vertrau auf Ihn, auf Dich
und lass Dich vom H e u t e überraschen!

Pongpong

Eine Liebesgeschichte

Meine geliebte Katze starb und ich war sehr unglücklich. Nach einigen Wochen der Trauer wollte ich wieder eine neue Katze zu mir nehmen. Da ich sehr für Siamkatzen und ihre blauen Augen schwärmte, war ich entschlossen, nach einer Katze dieser Rasse Ausschau zu halten.

Eines Tages kam ich vom Einkaufen zurück und wollte mein Auto in die Garage fahren. Das ging aber nicht, denn vor der Garagentür räkelte sich eine Katze und machte keinerlei Anstalten aufzustehen, um mir Platz zu machen. Ich stieg aus und stellte ihr die Frage, woher sie denn komme und warum sie hier bei mir herumlungere.

Aus blauen Augen sah sie mich an und miaute kurz. Sie blieb liegen. Sie war eine Siam-Mischung. Die Farben und Zeichnung dieser Rasse, vor allem die blauen, leicht schielenden Augen, sah man sofort. Aber sie hatte von einem rassefremden Elternteil weiße Füße und der untere Teil des Gesichts war ebenfalls weiß. Nur über dem Schnäuzchen saß ein kirschgroßer dunkelbrauner Fleck, wie ein Pongpong. „Na gut", sagte ich zu der Katze, „dann bleib liegen." Ich ließ den Wagen stehen, nahm meine Einkäufe und ging ins Haus. Blaue Augen, dachte ich, diese Katzenaugen habe ich mir immer gewünscht. Und ich hoffte, dass dieses Tier bei mir blieb. Aber es musste ja irgendwo ein Zuhause haben.

Als ich dann die Terrassentür zum Garten öffnete, stand die Katze vor mir, sah mich lange an, und marschierte an mir vorbei in die Küche. Ich hinterher und gab ihr erst einmal eine Schale mit

Wasser, die sie durstig leerschleckte. Sie sah mich wieder intensiv an und ich gab ihr dann etwas Käse, den sie gierig verschlang.

Die Katze ließ sich von mir auf den Arm nehmen und schnurrte laut mit geschlossenen Augen. Nun hatte ich Gelegenheit das Tier genauer zu betrachten. Es war ein Kater. Ab heute hieß er Pongpong. Er machte abends auch keine Anstalten das Haus zu verlassen, sondern nahm selbstverständlich auf meiner weißen Couch Platz. Meinen Mann beachtete er gar nicht; er war Luft für ihn, was meinem Mann aber gar nicht gefiel. Na ja, das Tier würde ja wieder nach Hause gehen – morgen.

Das Tier ging nicht nach Hause. Mit Freude unterstützte ich diese Entschlossenheit und kaufte sofort Leckereien für meinen Pongpong; aber ich ließ immer die Tür offen, damit er, falls er wollte, wieder nach Hause gehen konnte. Er wollte nicht!

Nach einer Woche fuhr ich dann mit der Katze zu meiner Tierärztin. Es wurde höchste Zeit, denn er hatte zwei vereiterte Zähne im Mäulchen, hatte Flöhe und war sehr unterernährt.

Die Zähne mussten unter Narkose gezogen werden und dabei sollte er auch gleich kastriert werden. Aber es gab nichts zu kastrieren, wie mir die Ärztin sagte, er war es schon. Also hatte er doch ein Zuhause, aber wo? Meine halbherzigen Nachforschungen blieben erfolglos und so war er ab sofort mein Pongpong. Er liebte, genau wie ich, meinen Garten und markierte ihn eifrig. Allerdings nicht zu meinem Entzücken. Alles meins, schien er damit zu sagen.

Unerwartet starb mein Mann. Dieses Leid traf mich wie ein Keulenschlag. Ich trauerte sehr heftig, konnte nichts mehr essen und schließlich stand ich morgens gar nicht erst auf. Die Katze versorgte ich jedoch und ließ die Terassentür offen, damit sie sich frei bewegen konnte. Pongpong versuchte mich zu trösten, lag stundenlang neben mir auf dem Bett und sah mich immer sehr intensiv an. Das ging so einige Tage. Eines Abends, es war bereits dunkel draußen, klopfte es an mein Fenster. Ich sah auf und da stand mein Pongpong vor dem Fenster mit einer dicken Maus im Maul und klopfte mit den Hinterpfoten gegen die Scheibe. Als er mich sah, kam er ins Zimmer, sah mich lange aus seinen blauen Augen an und legte mir die Maus vor mein Bett. Wieder bekam ich einen langen Blick und eilig verschwand er erneut im Garten.

Nicht lange und ich hörte: klopf, klopf, und wieder legte er mir eine Wühlmaus vor das Bett. Dies wiederholte sich noch zwei mal, dann setzte sich Pongpong neben seine Jagdbeute und sah mich intensiv an.

Mir kamen die Tränen. Ich hatte verstanden. Ich sollte endlich wieder essen und normal leben. Er brachte mir das Essen. Ich trocknete meine Tränen, nahm meine kluge und mitfühlende Katze in den Arm, küsste sie und versprach ihr, sofort wieder am Leben teilzunehmen. Wir gingen beide in die Küche und aßen ein Stück Käse und ein Butterbrot. Dass ich die Mäuse nicht gegessen habe, hat Pongpong mir nicht übel genommen. Ich glaube, er hat gewusst, dass das nicht das richtige Futter für sein Frauchen war.

Pongpong entwickelte zu mir eine außergewöhnliche Liebe. Er hatte mich zu seiner Kätzin auserkoren und unternahm Versuche, mich auf Katerart zu beglücken. Dieses Verhalten erschien mir ungewöhnlich und ich sprach mit meiner Tierärztin darüber. Für sie war dieser Zuneigungsbeweis auch neu. Sie sagte schließlich: „Meine Zeit, muss dieses Tier Sie liebhaben!"

Wer will nach dieser Geschichte noch bestreiten, dass Tiere eine Seele haben, denken können, Schlussfolgerungen ziehen und auch Liebe und Mitgefühl zeigen können?

Frieden

Kinderseelen ohne Angst, voll Vertrau'n,
erwachsene Hände, die streicheln statt hau'n,
freundliche Blicke trotz Eile und Hast
und Worte die trösten statt töten.

Geben dem, der ohne Schuld wird nicht satt,
und Freude haben am Leben.
Tiere, nicht in Laboren verheizt;
Kain und Abel ohne Neid.
Flüsse mit Leben lebendig,

Schwarz und Weiß zum Bund sich erhoben,
alte Menschen ins Leben verwoben.
Frei sei die Meinung von allen ...
und Frieden auf Erden,
den Menschen ein Wohlgefallen.

Herbstgedanken

Zeit der Reife
Zeit der Früchte
Gedankenzeit.

Zeit der Ernte
Zeit des Abschieds
Dankeszeit.

Katharina die Große

Die Katharina, die bewusste,
war deutsch und hieß Sophie Auguste,
doch sprach Papa von Anhalt-Zerbst:
„werd' Zarin, dass Du schön was erbst!"

Peter den Dritten fand sie grässlich,
er war borniert, pedantisch, hässlich.
Doch leider wurde er ihr Gatte,
von dem sie auch ein Söhnchen hatte.
Das heißt, die echte Vaterschaft
war bei der Dame zweifelhaft,
denn dieser flotte steile Zahn
war ausgesprochen nymphoman.

Ein Bruder Orlow hat vor allem
der Katharina gut gefallen.
Auf ihre Bitte hat das Luder,
gemeinschaftlich mit seinem Bruder,
den Zar gestürzt und dann erwürgt.

So ein Verhältnis ging nie lange,
die Herren standen bei ihr Schlange,
die dann für ihren Dienst als Lohn
ein Krongut oder Staatspension
und auch Leibeigene empfingen.
Nur einiges von vielen Dingen.

Daneben sah die Nimmersatte,
wer abends bei ihr Wache hatte.

Sie fasste ihn ans Portepee
und zog ihn in ihr Separee.
Doch diese strammen Liebeskunden
sind spurlos anderentags verschwunden.

Die Katharina war die letzte,
die Russlands Thron als Frau besetzte,
zu übel war ihr Lebenslauf –,
bei Männern fällt das nicht so auf!

Heinrich der Achte

Heinrich der Achte, wie wir wissen,
hat Hähnchen an die Wand geschmissen,
das edle Wienerwald-Produkt,
das jeder sonst begeistert schluckt.

Dann reformierte er apart das Scheidungsrecht
auf seine Art:
Verlor die Gattin seine Huld,
gab's nicht Veranlassung noch Schuld,
auch gab es keine Verfassungsklagen –
er hat den Kopf ihr abgeschlagen.
Erledigt war der Streit um Rente,
um Zugewinn und Alimente.

Als erste jagte er davon
die Katharina Aragon,
von der der Papst ihn scheiden sollte,
was dieser aber gar nicht wollte.

Der König sagte rigoros
sich drauf vom Heiligen Vater los
und nahm bei diesem harten Schritt
zugleich auch Englands Kirche mit,
er machte sich zum Oberhaupt,
hat Kirchensteuer abgestaubt,
und seither sind die Insulaner
in Glaubensdingen Anglikaner.
Lasst uns von Heinrich dem Achten
das Liebesleben kurz betrachten:

Anna Boleyn, die zweite Dame,
quittierte er durch Kopfabnahme,
Johanna Seymour starb zum Glück,
die nächste Frau gab er zurück,
Anna von Kleve,
und schon lauert
das Beil auf Katharina Howard.
Dann nahm er sich Katharina Parr
und dabei übersah der Narr,
was doch Statistiken ergeben:
dass Frauen meistens länger leben.

Mutter

Spitzenkleid am Nachmittag,
rot wie Blut – wie Kinderschmerz.
Wen trifft Schuld an verlorenen Träumen?

Moral

Die Politik in heut'ger Zeit
entbehrt jeglicher Heiterkeit;
und auch was große Firmen machen
bringt keinen Menschen mehr zum Lachen.

Die größte Bank in Deutschlands Welt
verzockt scheinheilig unser Geld.
Sie hält die Amis auch für dumm,
doch diese nehmen's leider krumm.

Die verantwortlichen Herrn der Banken
bringen Milliarden-Strafen nicht ins Wanken
und sagen treu und selbstbewusst:
„Wir haben davon nichts gewusst",
sind mit Millionen abgefunden
und rechtzeitig aus den Runden
sind sie ganz schnell davon geschwirrt:
„Hallöchen! Ihr habt euch geirrt!"

Diese Haltung zeigt doch Klasse –
sie zahlen's aus der Portokasse.
Schnell müssen die Finanzen besser stehn,
dafür die Angestellten gehn.

Die Großkonzerne sind arme Leute,
kein Finanzamt macht hier Beute.
Wenn sie im Ausland sich betreiben,
können sie steuerfrei die Hände reiben.
Die Steuer für ganz Deutschland dann,
wer zahlt die wohl? Der „kleine" Mann!

Deutschlands beliebter Autokonzern,
ach, wie hatten wir ihn gern,
hat am Diesel manipuliert,
den Abgasausstoß reduziert.
Wie kann man solche Sachen machen?
Da vergeht jedem sofort das Lachen!

Aber halt, wer hat das inszeniert?
Der Vorstand hat sich sehr geniert und
alles gleich auch abgestritten –
wie hat er unter dem Verdacht gelitten!
Da war wohl in der stillen Nacht
ein Heinzelmännchen an der Macht!

Jetzt gibt's ein Wunder, man glaubt es kaum,
denn der, mit seiner Vergütung abgehau'n,
hat's doch gewusst – im Geheimen nur –
nun ist er weg und aus der Spur.

So gibt's noch vieles zu berichten,
viele haarsträubende Geschichten,
von Bio und Versicherungen,
von Tierhaltung, die nicht gut gelungen.
Leider wird es so weitergeh'n,
Du liebe Welt, wie bist Du schön!

Vergänglichkeit

Gesprengt sind die Fesseln der Jugend.
Die Geißel des Schönseins zerbricht,
die Packung zeigt Knitter und Risse,
der Spiegel begrüßt dies noch nicht.

Die Zeit läuft davon in Eile,
anhalten lässt sie sich nicht.
Die Gedanken, die ändern die Richtung,
sie haben ein and'res Gewicht.

Mehr Achtsamkeit nimmt uns gefangen,
wir hören jetzt auch die Natur.
Vorbei das Hoffen und Bangen –
warum sorgte man sich nur?

Ein Aufatmen kommt uns von Herzen.
Gestellt ist jede Frage –
lasst den Winter ruhig kommen,
jetzt hat der Herbst noch schöne Tage.

Für meinen Mann

Dieses Gedicht habe ich für meinen Mann erdacht
und auf seine Grabplatte eingravieren lassen:

> *geboren – gewesen – gegangen*
> *fort ... wohin?*
> *unendlich fort?*
>
> *in dem Atem der Rosen,*
> *dem Herzschlag des Vogels ...*
> *ganz nahe – dort!*

Vertrautheit

Komm, bitte sprich mit mir,
was Du mir sagst, sind keine leeren Worte.

Ich bin sie leid,
die lauten, leeren Silben,
die bösen und die dummen Wortgebilde.

Begegnet man nur Deckeln statt den Töpfen,
bist Du der Apfel
unter all den Grünkohlköpfen.

Freude

Wie schön das ist …
die tanzenden Flocken,
weiß und luftig aus Wasser
gestrickt,
mein Herz wirbelt mit!

Wie schön das ist …
die Lebendigkeit der Blätter,
das Rauschen vom Wind
dirigiert,
mein Herz schwingt mit!

Wie schön das ist …
die hüpfenden Tropfen auf
glattem Asphalt, aus Wolken
geboren,
mein Herz tanzt mit!

Wie schön das ist …
die Blüten mit Wärme gestreichelt,
von der Sonne geküsst,
mein Herz strahlt mit!

Wie schön das ist …
der helle Schrei der pfeilschnellen Schwalbe, als
Flugblitz im Blau hoch oben,
mein Herz fliegt mit!

Joseph und Frau Potiphar

Der Joseph war ein Musterknabe
mit einer ganz besonderen Gabe,
er konnte nämlich allen Leuten,
die Träume hatten, diese deuten.

Die Brüder konnten ihn nicht leiden
und wollten ihm den Hals abschneiden.
Als eine Karawane kam
und ihn mit sich nach Ägypten nahm.

Dort kaufte ihn Herr Potiphar,
der hoher Hofbeamter war
beim Pharao und ein Eunuche.
Frau Potiphar, auf Männersuche,
ersuchte bald den hübschen Sklaven,
doch bitte mal mit ihr zu schlafen.

Joseph erklärte unumwunden,
er mache keine Überstunden,
er müsse so viel andre Pflichten
im Haus für seinen Herrn verrichten.
Er sei im Grunde ja nicht prüde,
nur abends einfach viel zu müde.
Er müsse sie daher enttäuschen –
und daher nennt man ihn:
„den Keuschen".

Da riss das liebestolle Weib
sich kurzerhand das Hemd vom Leib,
schrie wie am Spieß und sagte allen:
„Der Joseph hat mich überfallen!"

Der Knabe kam durch dieses Flittchen
ganz schuldlos jahrelang ins Kittchen,
das hat er sich nicht träumen lassen;
und konnt' sein Schicksal gar nicht
fassen.

Es kostet häufig Hemd und Kragen,
der Frau vom Chef was abzuschlagen!

Die Wikinger

Weltweit schätzt man den Alkohol
als Segen für des Menschen Wohl.
In Island, Schweden und Norwegen
ist man dagegen strikt dagegen.

Will drum ein Nordmann einen zischen,
dann geht er segeln oder fischen
und füllt sich wie ne Strandkanone
fernab von der Dreimeilenzone.

Wahrscheinlich ist's, dass die Normannen,
auch Wikinger, das Spiel begannen.
Zuhause herrschte Schnapsverbot,
daher der Ruf:"See-Fahrer in Not!"

Sie schifften durch die Meere weit,
sie stiegen aus und suchten Streit.
So steckten sie zum Beispiel dann
in England ein paar Klöster an,
sie soffen Whiskyfässer leer
und wollten dann natürlich mehr.

Sie tranken in der Normandie
den Calvados und den Chablis,
sie tranken auch am Mittelrhein
in Bonn und Koblenz deutschen Wein
und haben, weil der Durst geweckt
selbst Nordamerika entdeckt,
das sie begeistert Weinland nannten,
als sie da was zu trinken fanden.

Die Wikinger sind längst versunken,
die Zukunft haben sie vertrunken,
weil für ein Volk, das chronisch säuft,
in anderer Chronik nichts mehr läuft.

Cäsar

Dem Cäsar nehmen viele krumm
sein Buch vom Bellum Gallicum,
weil deutsche Schüler es nicht schätzen,
es vom Latein zu übersetzen.

Der Gaius Julius, der Hansdampf,
schrieb damit sowas wie „Mein Kampf"
als größter Feldherr aller Zeiten –
bei ihm lässt sich das nicht bestreiten.
Ein Führer, der Ägypten sah,
Kleinasien und Kleopatra.
Er schlug die Gallier und die Briten,
hat Rhein und Themse überschritten,
hat reich Tribute einkassiert,
in Grund und Boden spekuliert.
Am Ende war er Imperator
und lebenslänglicher Diktator.

Man sah ihn überall auf Bildern,
Plakaten, Münzen, Straßenschildern.
Im „Neuen Rom" in „Funk und Frau"
und täglich in der Abendschau.

Das Volk, man kann es ja verstehen,
wollt ihn dann schließlich nicht mehr sehen,
zuerst das Proletariat,
dann stichelte man auch im Senat,
und dort, an dreiundzwanzig Stichen,
ist Cäsar endlich auch verblichen.

Morgen am See

Ein verwunschener Ort –
zurückgeholt aus vergangenen Zeiten.
Unter glattem Wasser ein Geheimnis.
Die Stille atmet Stille.

Spielende Fische, die mit kleinen Hüpfern durch den Spiegel schnellen und enge Kreise hinterlassen, immer breiter werdend, bis hin zu den Blättern der Seerosen.

Noch sind die Knospen geschlossen.

Flache, schwimmende Inseln. Einladungen für dösende Frösche, schillernde Libellen und sich ausruhende Käfer.

Die ersten Sonnenstrahlen tasten sich durch das frühlingsgrüne Laub am Ufer und saugen den fluffigen Dunst über dem Waldsee allmählich auf.

Wärme flutet heran, setzt sich auf die Schilfhalme am Ufer und streichelt das noch schlafende Entenpaar.

Zitterndes Glitzern schnellt vom Ufer zur Seemitte, nur ein Augenblick – scht – dann zieht sich der Fischnachwuchs in die Tiefe zurück.

Ausdruck der Lebensfreude? Oder der Angst?
Ist der Hecht bereits auf Jagd?

Die Sonne, rund und grell rollt sie hinter den Bäumen empor.
Die sanften Farben verlieren sich.
Lebendig wird der See.

Weiß und graziös segelt ein Schwan aus dem Schilf.
Er ist nicht allein.
Sechs kleine, frisch geschlüpfte, fedrige Bällchen
schwimmen hinter ihm –
und dann folgt die Schwänin –
wie stolz sie sind, für alle sichtbar!

Ein schriller Pfiff zerreißt die Stille,
der Milan zieht über dem See seine Kreise.
Die Thermik lässt ihn höher und höher steigen.
Sein scharfer Blick hält nach der Beute Ausschau.

Der Tag ist angekommen;
und mit ihm der Chor der Vogelstimmen,
der Reviergesänge.

Mich wundert, dass ich wieder Mensch bin!

Sokrates

Der Sokrates, ein kluger Greis,
er sprach: "Ich weiß, dass ich nichts weiß!"
War in Athen einst Hochschullehrer
und hatte viele junge Hörer.
Beflügelt von der Weisheit Muse,
war er vergleichbar mit Marcuse,
Avantgardist, einst hochgepriesen,
dann von der Uni abgewiesen.
„Jugendverderber" und noch mehr,
so nannte man ihn hinterher.

Doch Sokrates nahm ganz gelassen
die Pöbelei der breiten Massen,
denn seine Ehefrau Xanthippe
riskierte eine schlimm're Lippe,
wobei sie manchmal nach ihm schlug.
Wenn er die Haut zum Markte trug,
dann sagte Sokrates sich immer:
„Zuhause ist es ja noch schlimmer!"

Er wurde jeden Tag genialer
und galt schon bald als Radikaler.
Doch weil Athen so ganz und gar
vorbildlich demokratisch war,
bekam er kein Berufsverbot –
man machte ihn gleich richtig tot.

Wie süßen Wein genoss der Zecher
im Freundeskreis den Schierlingsbecher
und zog das Fazit seines Lebens:
„Dummheit bekämpft man stets vergebens!"

Wer sind wir?

Ich, das Blatt am Baum
Ich, der Ton im Raum
Ich, die Feder im Nest
Ich, ein Wasserrest
Ich, der gemähte Halm
Ich, ein Blütentraum
Ich, das Haar in der Suppe
Ich, die fallende Schnuppe
Ich, ein Sonnenstrahl
Ich, der Marterpfahl
Ich, der fallende Regen
Ich, die schwellende Rebe

Ich bin …

Du bist …

Macht

Klirrendes Lachen bei festlichen Mahlen –
Geliebt von allen – hier will man sich aalen.

Gebeugter Rücken im leeren Haus –
Getreten von allen – hier tobt man sich aus.

Zuversicht

Umschattete Stirn im Frühlingsblau,
traurige Augen vor spielenden Katzen;
stumpf das Ohr am Vogellied;
zuckende Lippen im streichelnden Wind.
Schatten und Licht!

Die Tür ist verschlossen;
und dennoch der Himmel die Erde küsst,
sieh hin, ein Fenster steht offen!

Die Minnesänger

Vor tausend Jahren und noch länger
gab es den Job als Minnesänger.
Adlige Popstars mit Gitarren
sah man hinauf zu Fenstern starren,
zu Kemenaten, wo die Damen
schon warteten, dass diese kamen.

Ihr musikalisches Gerät war ohne Elektrizität,
was man erst gar nicht ausprobierte,
weil noch der Mann elektrisierte.
Ein Superstar zu allem Neide
war Walther von der Vogelweide.
Im deutschen Volkslied nicht zu schlagen,
der erste Heino sozusagen.

Man brauchte damals schon Intrigen,
um einen Sängerpreis zu kriegen.
So gab es auf der Wartburg gerade
die allererste Hitparade.
Da traten an im Schnulzenfach
Tannhäuser gegen Eschenbach.

Tannhäusers Song, der offenbar
ein bisschen pornografisch war,
erregte zwar bei Damen Schmunzeln,
doch bei der Jury Stirnerunzeln.

Man hat ihn drum nach Rom entfernt.
Da hat er nichts dazugelernt,
bis er mit einem dürren Stab
zurück zur Heimat sich begab.

Sein Produzent hat routiniert
dann eine Story propagiert:
„Der Stock hat frisches Laub getrieben!"
Tannhäuser ist, wie hier beschrieben,
nur durch Mätschment genau genommen
auf einen grünen Zweig gekommen!

Herbstzeit

Licht, gelb, gleißend –
ein letztes Fließen von Wärme;
des Sommers Lebewohl.

Mit buntem Laub zieht der Herbst daher,
es blüht feurig die letzte Rose.
Ein Abschied.
Riechst Du den Herbst? Schmeckst Du ihn?
Hörst Du ihn?

Die Erde drängt sich uns entgegen,
ein Geruch nach Reife, Erfüllung
und ein Versprechen;
alles wird wieder neu beginnen,
kreisend in Ewigkeit.

Zur Ruhe geht die Natur, bald,
wenn der Winterwind erwacht
und sich die Wolken türmen.

Reich mir Deine Hand,
geh mit mir auch diesen Weg.
Durch raschelndes Laub.
Ich halte Dich und wir spüren
den Sommer unserer Liebe,
dem kein Winter folgen kann.

Kälteeinbruch

Der April war sehr mild und die Sonne schien bereits sommerlich warm auf die noch schneebedeckten Berge. Überall leuchtete das strahlende Gelb der Osterglocken mit dem Weiß der Dichternarzissen um die Wette. Viele Zugvögel hatten sich sehr frühzeitig im März in ihrer Heimat zurückmeldet. Die Singdrossel flötete ihre Trillerkaskaden im Wald, am Hang, gegenüber dem Hotel, in dem wir für ein paar Tage Quartier genommen hatten. Ich begleitete meinen Mann zu der Tagung, die in Zürich stattfand, und ich wollte mir die Stadt ansehen, während er an der Tagung teilnahm.

Mit den Winterjacken unter dem Arm und etwas verschwitzt, checkten wir ein und bezogen unser Zimmer. Als erstes öffnete ich das Fenster um frische Luft hereinzulassen und bewusst ein paar lange Atemzüge von der, wie frisch gewaschene Wäsche duftenden, Schneeluft zu genießen.

Der Ausblick war atemberaubend schön; über den verschneiten Bergen der ultramarin- und azurblaue Himmel. Keine Wolke war zu sehen.

Nachdem wir uns frisch gemacht hatten, unternahmen wir einen Spaziergang in dem nahen Wald. Die viel zu milden Temperaturen hatten den Schnee auf den Wiesen teilweise weggeschmolzen, auch lag auf den Wipfeln der Fichten kein Schnee mehr. Wir konnten die Vögel gut sichtbar beobachten, wie sie emsig im dürren oder vermoderten Laub nach Nahrung scharrten. Sogar eine verschlafene Hummel brummte an uns vorbei.

Der Tag ging langsam zu Ende und die Dämmerung überfiel uns urplötzlich. Noch bevor wir in unserem Hotel wieder ankamen, holte uns die Dunkelheit und mit ihr die Sternenpracht am Himmel ein.

Wir aßen zu Abend und gingen dann frühzeitig zu Bett, denn die Anreise hatte einige Stunden gedauert und die Verkehrsstaus unterwegs, mit ihren vielen nutzlosen Wartezeiten, machten uns immer noch zu schaffen. Wir fielen in unser Bett und schliefen wie die Steine.

Mit dem Weckergeklingel begann der neue Tag. Ich traute meinen Augen nicht, als ich aus dem Fenster sah. Alles war weiß, wohin ich sah, Schnee und nochmals Schnee. Eine bittere Kälte stieß mich in das warme Zimmer zurück und schnell schloss ich das Fenster. Sofort kamen mir die Vögel in den Sinn. Dieser Kälteeinbruch war für sie ein großes Unglück und viele müssten hungers sterben. Wie konnten sie überleben, da sich durch die sommerlichen Temperaturen ihr Verdauungsapparat bereits von Körner- auf Weichfutter umgestellt hatte? Zwar konnte die Natur nur für die Meisen diese Vorsorge treffen, damit sie im Winter u. a. auch Körner fressen sollten; im Frühjahr und Sommer aber war nur Weichfutter als Futter vorgesehen, damit die junge Brut nicht mit Körnern gefüttert wird, was ihren Tod bedeuten würde. Die anderen Vögel, die auf Weichfutter spezialisiert sind, fressen niemals Körner, auch im Winter nicht. Die meisten Weichfutterfresser sind Zugvögel, die im Winter in wärmere Gefilde fortziehen, wo es für sie Insekten gibt. Da die Meisen aber bei uns im Winter bleiben, ist das eine sehr schlaue Regelung von Mutter Natur. Nur die Amseln, Kleiber und die Spechte können keine Körner verdauen und sind im Winter ohne Insekten schlimm dran und auf die menschliche Hilfe angewiesen. Ich machte mir Sorgen und überlegte, wie ich helfen könnte. Und wie so oft hatte ich eine Idee.

Am schön gedeckten Frühstückstisch sitzend, ließen wir uns verwöhnen. Auf dem Buffet stand eine große Schüssel, gefüllt mit Butter, die in kleine Päckchen abgepackt angeboten wurde. Davon holte ich 2 Päckchen und steckte sie, heimlich wie ein Dieb, in meine Handtasche. Meine Idee war die, diese Butter im Wald irgendwie zwischen die kahlen Zweige zu deponieren. Ob die Vögel das Futter finden und annehmen würden?

Es ging mir nicht schnell genug, das Frühstück zu beenden. Ich zog meine Winterstiefel an, meine Mütze auf den Kopf, steckte die Handschuhe und die Butter ein. Bittere Kälte nahm mich vor dem Hotel in Empfang. Mit hochgeschlagenem Mantelkragen marschierte ich los, um die Vögel zu retten.

Als der Wald mich in Empfang genommen hatte, packte ich das erste Päckchen Butter aus. Kaum hatte ich die Butter auf meiner Handfläche, kamen zwei Meisen angeflogen, setzten sich auf meine Hand und pickten eifrig in die Butter. Für sie schien es eine Selbstverständlichkeit zu sein, auf der Hand eines Menschen zu sitzen und Butter zu picken. Für mich war es das nicht. Ganz starr vor Erstaunen und Glück sah ich mir diese kleine Gesellschaft an. Es war so schön, diese kleinen Vögel auf meiner Hand zu sehen und zu spüren, die mir so viel Vertrauen schenkten. Ich wagte mich nicht mehr zu bewegen und mein Arm wurde allmählich steif vor Kälte. Aber was war das schon bei so viel Glück, denn inzwischen hatten sich auch andere Mitesser eingefunden. Kleiber kamen angeschwirrt und nach einem kurzen lautstarken Gezänk mit den Meisen durften sie auch von der Butter partizipieren. Zwischendurch beschenkte mich die Vogelschar mit kurzen Blicken aus ihren schwarzen Knopfaugen. Ich gehörte dazu!

Alsbald war die Butter aufgepickt und ich musste in meine Tasche greifen, um das nächste Päckchen hervorzuholen. Schwirr – alle Vögel flogen davon.

Schade, dachte ich, aber verständlich. Kaum war das Papier entfernt und die Butter auf meiner Hand, schwirr – alle Vögel wieder da und mit Verstärkung. Nun saßen 4 Meisen auf meiner Hand und drängelten, um an das Futter zu kommen. Ich freute mich königlich; wie ein steifgefrorener König!

Wahrhaftig, ich war ein Glückskind! Wem wurde so ein Erlebnis je gegönnt? Diese Stunde werde ich mit großer Dankbarkeit und einem Lächeln für mein Leben bewahren.

Gier

Was ist das heute für eine Welt, in der der Reichtum, den seine Menschen in ihrem ganzen Leben nicht verbrauchen können, sich nicht schämt, sich seiner moralischen und gesetzlichen Pflicht zu entziehen und seine Steuern, die jeder Bürger zahlen muss, denn ohne diese könnten weder Straßen, Brücken noch Schulen gebaut werden, nicht zu zahlen, um sich noch mehr zu bereichern?

Mich wundert, dass er nicht an seiner Habgier erstickt.

Jesus Christ, bist Du umsonst gestorben …

Hallo, liebe Leserin,
lieber Leser,
ich freue mich, Sie in meinem Buch
begrüßen zu dürfen.

Ihre Vera Dressler

Stallweihnacht

Heute Abend wollten wir mit unseren Pferden im Stall die Weihnacht feiern.

Es gab viel zu tun. Erst einmal mussten die Pferde versorgt werden. Die Boxen wurden ausgemistet, frisches Stroh eingestreut und duftendes Heu in die Futterkrippen gegeben. Nun schleppten wir jede Menge Strohballen, um in der Stallgasse mit diesen Sitzbänke und Tische aufzubauen. Die Strohballen in der Mitte bekamen rote Servietten und Tannenzweige, darauf stellten wir Gläser, in denen rote Kerzen standen, und jede Menge Schalen mit Weihnachtsgebäck. Die Boxentüren wurden mit Tannenzweigen, an denen eine dicke Möhre und einige trockene Plätzchen baumelten, geschmückt. Unsere Pferde waren sehr erstaunt und sahen allen unseren Tätigkeiten sehr interessiert zu und vergaßen sogar das gute Heu in ihren Krippen.

Natürlich war die Feuerwehr auch dabei und legte als Vorsichtsmaßnahme zwei dicke Schläuche in der Stallgasse aus, denn offenes Feuer in einem Stall kann sehr gefährlich werden.

Nachdem wir alles für die Feier vorbereitet hatten, wurde der Glühwein aufgesetzt, denn es war in diesem Winter wirklich bitterkalt. Die Kerzen wurden angezündet und alles erstrahlte in diesem gedämpften Licht. Im Stall sorgten die 30 Pferde mit ihrem Leben für eine angenehme Temperatur.

Alle Reitersleute waren jetzt versammelt und nahmen vor den Boxen ihrer Pferde auf den Strohballen Platz. Die Pferde staunten noch mehr!

Nachdem wir der alten und ewig neuen Geschichte gelauscht hatten, wie Maria in einem Stall ihr Kind gebar, unseren Heiland, griff ein Reiterkamerad nach seiner Trompete und verließ den Stall. Alsbald erklang draußen vor der Stalltür leise und festlich: „Stille Nacht, heilige Nacht ..." Die Pferde hoben die Köpfe und spitzten die Ohren und mein Pferd begann ganz zart zu wiehern ... und dann, nach und nach, stimmten alle Pferde in dieses leise Wiehern mit ein.

Ergriffen lauschten wir und suchten die Hand unseres Nachbarn – jetzt ist es Weihnachten.

Dies war eine der seltenen Sternstunden, die das Leben uns schenken kann und die man nie mehr vergisst.

Gedicht meines Vaters:
Wolfgang Bröll / Peter Wolick

Weihnachten

Ein Stern erhellt die Dunkelheit,
die unser Herz bedrückt,
er bringt die Liebe unserer Welt,
dem Irdischen entrückt.

In dürren Ästen harft der Wind
die Botschaft in die Nacht,
dass alle Menschen Brüder sind
und einer für uns wacht.

Du Nacht im Glanz des hellen Sternes,
deck uns mit Deiner Liebe zu,
Du Nacht im Glanz des großen Lichtes,
schenk uns den Frieden und die Ruh!

Dass Liebe, Glaube, Treue, Hoffnung
die Sehnsucht aller Menschen werde,
das bitten wir mit heißem Herzen
und schenk den Frieden unserer Erde!

Du großer Schöpfer aller Welten,
führ uns in eine neue Zeit!
Und gib uns Kraft, dass wir vollenden
den großen Bau der Menschlichkeit!

Meine Veröffentlichungen:

„Die Tiere vom Eichenhof" 1984
Im Engelbert-Verlag, Balve
ISBN 3 536 01722 3

„Zwischen Stadt und Dorf" 1990
Gedicht „ Sommer"
Rhein-Eifel-Mosel Verlag
ISBN 3 924 182 23 X

Auszug aus meinem Buch
„Die Tiere vom Eichenhof" 1984
In der Zeitschrift „Dalmatinerpost"